Douleurs inavouées de notre monde

De Maria Luna

A mes amis,
A l'amour de ma vie,

Innocence perdue

Zerqui avait six ans, ses grands yeux écarquillés par la peur et l'étonnement, regardaient l'ensemble de ces familles qui, tout comme la sienne, erraient dans les rues grises et sombres de ce petit village. Le vent avait enfin cessé, mais Zerqui continuait de grelotter de froid et de faim. Ce lieu si tranquille et si calme d'ordinaire semblait s'être mué en une immense foule dans l'atmosphère glaciale de cet interminable hiver.

L'unique source de chaleur dont il pouvait bénéficier, était celle de sa mère ; celle-ci serrait presque convulsivement sa petite paume. À ses questions, elle se contentait de répondre par un hochement de tête ou par une phrase courte et froide. Il lui jetait parfois quelques coups d'œil inquiets. Jamais il ne l'avait vue si nerveuse, si tendue. Quant à son père, il tentait de se frayer un chemin tant bien que mal, sans dire un mot. Le petit garçon ne comprenait pas pourquoi ils avaient dû se précipiter si vite hors de leur maison ni la raison pour laquelle ils devaient avancer sans parler.

Il prit alors le parti de faire comme les « grands » et continua à trottiner aussi vite que ses petites jambes le lui permettaient afin de ne pas retarder le « convoi » impressionnant qui commençait à se former. Puis, tout à coup, il vit ses parents échanger un regard à la fois complice et morose, la petite famille bifurqua rapidement vers une ruelle sombre. Ils s'engouffrèrent, toujours sans un mot, dans un immeuble décrépi. Ils montèrent l'escalier et ouvrirent une porte. Là, juste deux pièces, une qui pouvait servir de chambre, l'autre de cuisine.

- Tu peux te reposer maintenant, lui conseilla sa maman. C'était la première fois depuis le début du périple qu'elle lui parlait gentiment, doucement, comme avant. Le petit Zerqui ne se fit pas prier et s'allongea lourdement. Ses yeux noirs se fermèrent d'eux-mêmes et quelques minutes plus tard, il était plongé dans un sommeil qui se voulait réparateur.

La première fois qu'il se réveilla, il lui sembla qu'il était seul dans la pièce. Après avoir laissé le temps à ses yeux de s'habituer à la pénombre, il distingua des formes un peu plus loin : ses parents. Assis sur deux vieilles chaises, ils discutaient tout bas comme auraient pu le faire des conspirateurs la veille d'un méfait.

En se concentrant, l'enfant essaya de comprendre les mots qu'il entendait, mais les voix paraissaient à la fois trop lointaines, trop inaudibles pour qu'il pût les percevoir ou en comprendre le sens. Cela ressemblait à un long murmure, comme une litanie, une prière qui finit par le bercer malgré lui. Ses yeux se fermèrent de nouveau. Quelques minutes plus tard, il sommeillait profondément, au grand soulagement des ses parents.

D'un coup, le bruit de la porte le fit sursauter. Il comprit immédiatement que son père était parti et demanda à sa mère où il s'en était allé si vite, celle-ci lui répondit simplement :
- Il est parti nous chercher à manger.

Zerqui ne sut ou ne trouva rien à répondre.

Il avait eu tellement peu d'aliments dans l'estomac au cours de ces derniers jours qu'il s'était habitué aux crampes douloureuses de son ventre lui rappelant régulièrement combien il était affamé. Son père revint à la nuit tombée. Ils partagèrent le maigre butin qu'il avait pu ramener. Sa mère lui expliqua qu'ils devraient se lever tôt le lendemain, dès l'aube, précisa-t-elle. Le petit garçon n'osa pas, une nouvelle fois, demander des explications, ni même tenter de comprendre ce qui se passait dans leur vie depuis quelques jours.

A peine le jour commençait à diffuser quelques halos de lumière sur la pièce obscure, qu'ils durent quitter leur abri, en prenant soin de ne laisser aucune trace derrière eux.

Ils marchèrent pendant des heures puis, tout à coup, le petit garçon sursauta en entendant quelqu'un appeler dans leur direction. La langue qu'employait « l'individu » lui était inconnue, mais son père s'arrêta net de courir, sa mère également. Leurs visages devinrent plus ternes, anxieux, tendus. Ils attendirent que « l'autre » vînt à leur rencontre. Puis, ce fut très rapide, ils furent emmenés, presque bousculés vers un attroupement qui s'accroissait de minute en minute. Deux par deux, marchant tête basse, ils parcouraient l'espace qui les séparait de leur nouveau destin. Leur unique et fatale destinée.

Zerqui se trouva séparé de son père, mais il tenait la main de sa mère comme un naufragé se raccrochant à sa bouée de sauvetage. Il pensait, sans doute naïvement, que tant qu'il serait auprès d'elle, tout irait bien pour lui.

Ils furent projetés dans un train comme du vulgaire bétail. Il regarda le paysage qui défilait devant ses yeux. Il essaya de se concentrer sur la végétation hivernale, refusant de se poser trop de questions auxquelles, même sa mère, celle qui savait tout, ne pouvait ou ne voulait répondre. Le trajet dura peu de temps, le train s'arrêta net, tellement brutalement que cela fit tomber Zerqui sur un autre petit garçon qui s'était assoupi. Le wagon était bondé de femmes et d'enfants essentiellement.

En sortant, des hommes en uniforme continuaient de s'exprimer de la même façon que celui qui les avait apostrophés quelques heures plus tôt : leur voix étaient coupantes, leurs phrases brèves. Zerqui ne comprit rien à ce qu'ils ordonnaient, mais il sut tout de suite que le ton de ce verbiage était loin d'être amical. Il fut, comme les autres voyageurs, parqué dans un immense hangar sale et sombre. Des couchettes de chaque côté formaient l'ensemble de la pièce. Sa mère, tenant toujours sa main, se dirigea en silence vers l'une des seules couchettes encore libre. Quand il osa lui demander ce qu'ils faisaient là, celle-ci lui répondit simplement :
- Ne t'inquiète pas, ils ne nous feront aucun mal, j'ai même appris tout à l'heure que nous irons prendre une douche, c'est bien, non ?

Le petit garçon hocha la tête, ses grands yeux qui lui mangeaient le visage détaillèrent chaque contour de celui de sa mère. Il sentait, malgré son jeune âge, que sa maman ne lui disait pas tout à fait la vérité, qu'elle était angoissée. Cependant, si ce qu'elle venait d'affirmer était bien réel, il attendait avec une certaine impatience le moment de cette fameuse douche. Ca faisait des jours qu'il n'avait pas eu la chance de se laver, à un tel point que la saleté commençait à s'accrocher à tous les pores de sa peau. L'attente ne fut pas longue. Ils furent appelés, toujours par les mêmes voix aboyantes, puis conduits en rangs serrés vers un autre hangar tout aussi sombre.

Confiant, Zerqui trottina devant sa mère, savourant déjà l'instant où les gouttelettes d'eau glisseraient sur sa peau douce. Dès qu'ils rentrèrent (ils étaient près d'une cinquantaine) Zerqui trouva étrange de voir le sol sec et sale. Ils furent brusquement mis sous des pommeaux qui ressemblaient à s'y méprendre à ceux d'une douche, puis l'instant arriva, et en toute innocence, il ferma les yeux.

Quelques minutes plus tard, « les corps » furent dépouillés de leurs vêtements, et entassés derrière le bâtiment. A la nuit tombée, ils furent jetés, pèle mêle, dans une fausse commune, esquisse d'un cercueil à peine digne de ce nom.

Zerqui était juif. Nous étions le 16 mars 1943.

A toutes les victimes innocentes
de la déportation

Un homme peu ordinaire

Martin sortit des cours tête basse et continua de marcher sans même regarder où il allait. Il entendit à peine Alan l'apostropher :

- Ça va petite tête ?

- Ça va, grommela Martin.

- Tu vas où comme ça ?

- Je rentre, où veux- tu que j'aille ? fit il en effectuant un geste d'humeur.

- Hé, pas la peine de m'agresser, je suis ton ami, ne l'oublie pas.

- Ouais, c'est ça… murmura Martin.

Le trajet du retour fut rapide, pas au sens propre du terme, car le chemin entre le lycée et la maison de ses parents se composait d'une vingtaine de kilomètres, mais rapide car Martin était perdu dans ses pensées…Le bus poussa comme un gémissement quand il s'arrêta juste devant chez lui.

Il se leva et se faufila hâtivement vers la sortie. Il hocha à peine la tête devant le salut amical du chauffeur, prit la clef sous le paillasson et rentra chez lui. Il effectua les mêmes gestes, comme une espèce de rituel immuable qu'il ne pouvait s'empêcher d'accomplir.

Il prit une bouteille d'eau dans le frigidaire, piocha dans l'assiette de poulet quelques morceaux qu'il mangea à même la bouche. Ses parents allaient rentrer tard ce soir-là, comme tous les soirs d'ailleurs. Il était habitué ; il ne prêtait même plus attention au silence pesant qui régnait dans la maison lorsqu'il rentrait. Ce même silence l'accompagnait quand il allait se coucher et quand il se levait le matin pour se préparer avant de se rendre au lycée.

Il monta son sac, non pas pour faire ses devoirs mais pour éviter que sa mère ne le retrouvât près de la porte quand elle rentrerait. Arrivé dans son « antre », comme il aimait l'appeler, il enclencha sur la chaîne hifi le dernier morceau de hard rock de son groupe préféré, s'allongea sur le lit, ferma les yeux tout en laissant la paume de sa main battre la mesure sur son jean délavé. La soirée passa vite, entre sa musique qu'il écoutait en boucle et les discussions animées avec son ami Alan, il fut bientôt l'heure pour lui d'aller dormir. Il n'avait pas vu ses parents, rien de surprenant, ils rentraient de plus en plus tard, pensant sans doute que leur « grand » fils avait l'âge de se débrouiller seul.

Il dormit mal cette nuit, comme toutes les nuits auparavant.

Il se leva en râlant, comme tous les matins, s'habilla rapidement, dégringola les escaliers, piqua un gâteau dans la boîte prévue à cet effet et partit en claquant violemment la porte. Sa journée au lycée se déroula comme toutes les autres. Hormis son ami Alan, Martin ne fréquentait personne, persuadé que seul Alan pouvait le comprendre. Un groupe de jeunes essaya bien de l'apostropher mais il marmonna quelque chose d'antipathique à leur encontre et disparut au coin de la rue afin de prendre son bus.

Ce jour-là, il ne rentra pas directement chez lui, Alan lui avait donné rendez-vous dans un parc, plus tard dans la soirée, et il devait se rendre juste avant chez le disquaire du coin pour acheter le dernier cd de son groupe favori.

Il aurait pu reporter cette course ultérieurement, mais dans sa tête, il avait programmé cela ce jour-là à cette heure-là et telle une mécanique bien huilée, il se devait d'accomplir les actes prévus dès son lever le matin même. Une fois son achat effectué, il n'eut qu'une hâte, écouter ce cd qu'il désirait depuis si longtemps. Après quoi, il se rendrait à ce fameux rendez-vous. Alan lui avait dit qu'il devait lui parler, que c'était important. Il se demandait bien ce qui était à ce point pressé et qui ne pouvait pas attendre le lendemain...

Il rentra rapidement chez lui, monta tout aussi promptement l'escalier, jeta le papier d'emballage du cd, ouvrit le compartiment du lecteur, balança n'importe où le disque qui s'y trouvait déjà et mit fébrilement son album dans le dit lecteur. Il s'installa sur son lit, comme à son habitude, ferma les yeux et lorsqu'il fut « en condition » appuya sur la touche *Play* de la télécommande. Aussitôt, le son violent déchira ses tympans et s'insinua directement vers son cerveau. Il poussa un soupir de plaisir et s'en alla dans une autre dimension. Il sursauta presque en entendant la sonnerie du téléphone, c'était Alan, lui stipulant qu'il avait déjà une demi-heure de retard. Martin bredouilla une vague excuse, fila dans la salle de bains, s'aspergea le visage d'eau fraiche sans même prendre la peine de se regarder dans le miroir et fila à la hâte.

Il courut presque tout le long du chemin, un peu inquiet, car Alan lui avait semblé tendu, nerveux.

Il ne voulait surtout pas le contrarier, c'était son seul ami. Il ne voulait surtout pas le perdre car après, à qui pourrait-il se confier ? Il n'avait personne, personne d'autre que *lui*. Arrivé dans le parc, la pénombre l'obligea à plisser des yeux car les réverbères diffusaient un halo de lumière opaque qui permettait à peine de distinguer les quelques individus qui traînaient encore, malgré l'heure tardive.

Martin poussa un soupir de soulagement lorsqu'il vit Alan posté près de « leur banc ». Il fut encore plus détendu quand il s'aperçut que celui-ci, en l'apercevant, eut un sourire qui fendilla son visage.

Après s'être salués de la main, ils discutèrent jusque tard dans la nuit. Cela faisait près de deux heures qu'ils étaient ensemble, lorsqu'ils se séparèrent enfin. Martin avait accepté « une mission », comme le lui avait dit Alan, et même si celle-ci l'excitait au plus haut point, il craignait de ne pas réussir à la mettre à exécution.

Le lendemain, il partit plus tôt que d'habitude et prit le chemin inverse du lycée. Il suivit les indications précises d'Alan et trouva facilement la personne qu'il cherchait.

« Le travail » fut effectué rapidement. Cagoulé, Martin revint par le bus chez lui, comme s'il ne s'était jamais rien passé, heureux du travail accompli. Il vaqua à quelques occupations, rangea sa chambre. Il était heureux, Alan l'avait félicité et lui avait dit qu'à partir de ce jour, ils ne se quitteraient plus, tous les deux.

Lui qui n'avait jamais eu le moindre ami, il savait que désormais il ne serait plus jamais seul.

Alors qu'il mangeait un morceau en regardant distraitement la télévision, il entendit une voiture freiner et s'arrêter devant chez lui. Fébrile, il essaya de prendre la fuite mais il était trop tard. Il fut rapidement menotté et emmené au commissariat le plus proche. L'interrogatoire qu'il dût subir se termina, une première fois, tard dans la nuit, -puis recommença le lendemain matin. Finalement, il fut incarcéré pour homicide volontaire.

Quelques mois plus tard, le procès eut lieu. Malgré un teint gris et fatigué, Martin paraissait confiant, il était sûr, malgré ce que lui avait dit son avocat, qu'Alan, son meilleur ami, allait témoigner en sa faveur et que sa peine, alors, serait allégée.

Le verdict fut tout autre : *Martin, jeune homme de trente quatre ans, était persuadé de venger son meilleur ami, un certain Alan. C'est pourquoi, il tua, avec une rare barbarie, un illustre inconnu. Selon les examens psychiatriques, le verdict des médecins fut sans appel :*
« *Martin est atteint de schizophrénie ayant entraîné des hallucinations visuelles et auditives, celui-ci étant persuadé que « son ami Alan » était bien réel alors qu'il ne s'agissait que du pur fruit de son imagination. De plus, il semblait convaincu d'être encore au lycée mais l'adresse qu'il nous a donnée, conduit à un établissement désaffecté depuis des années. Toutefois il s'y rendait tous les jours, persuadé, là encore, d'être lycéen. Il adhère bien sûr à son délire qui l'a malheureusement amené à commettre l'irréparable, frappant un inconnu au hasard dans la rue, simplement parce que ses hallucinations lui avaient certifié qu'il était dangereux et qu'il pourrait tuer son meilleur ami, Alan.* »

Le verdict de la Cour d'Assises sera sans appel : jugé irresponsable, Martin sera immédiatement hospitalisé dans un établissement de soins spécialisés

Drôle de vie

Il sortit de chez lui, en short et simple tee-shirt. Kévin était un jeune homme de dix sept ans. Blond, les yeux sombres, d'un noir de jais, il marchait toujours avec un léger sourire aux lèvres. IL se dirigea rapidement vers le bistrot du quartier. En rentrant, il salua amicalement le patron et fila tout droit vers la table du fond, toujours la même et cela depuis près d'un an déjà.

Il discuta avec ses amis pendant des heures. Ils refaisaient le monde autour d'un coca, riant, plaisantant comme tous les gamins de leur âge. Kévin faisait partie de ces jeunes « friqués » des beaux quartiers. Son avenir était tout tracé. Une place de directeur adjoint l'attendait dans la grande entreprise de son père, un haut notable de la ville. Quand il entendit dix neuf heures sonner, il serra la main de tous ses copains, se leva et partit aussi rapidement qu'il était arrivé.

Comme tous les soirs, le repas était près ; il n'avait plus qu'à s'asseoir. Ses parents discutaient tranquillement. Ils continuaient le débat politique vu à la télé. Il les regarda tour à tour avec tendresse. *« Il avait de la chance de les avoir »,* pensait-il. Faudrait pas mettre qu'ils sont riches, on le sait déjà, leur fils est friqué Ses parents, étaient très présents dans sa vie. Ils se montraient aussi très compréhensifs à son égard. Ils laissaient souvent quartier libre à leur fils, pensant qu'il était bon que celui-ci fasse ses propres expériences même si celles-ci étaient, quelquefois, ponctuées d'erreurs.

- Alors fils, toujours célibataire ? lança soudainement son père.

Kévin esquissa un sourire car son père lui posait régulièrement cette question. Cependant, il lui répondit :

- Oui, toujours papa ! Mais je suis bien ainsi.

Son père soupira mais ne dit rien. Il ouvrit son journal et commença à lire la page des sports, comme tous les jours.

Kévin sortit de table quelques minutes plus tard , grimpa les marches et entra dans sa chambre. Il s'assit devant son bureau, alluma son pc et commença à pianoter sur son clavier…

Ce fut la lumière de l'aube qui lui fit cligner les yeux. Il s'étira, regarda son réveil, il était déjà l'heure de se lever Il gagna sans faire de bruit la salle de bains. Quand il sentit l'eau de la douche ruisseler sur son corps, il ferma les yeux et poussa un soupir de contentement. Les muscles de sa nuque étaient tellement noués ces temps-ci que l'eau fraîche sur sa peau ne pouvait que lui faire du bien, le détendre ne serait ce qu'un peu. Une fois sa douche prise, il se vêtit rapidement d'une chemisette blanche et d'un short kaki. Kévin aimait s'habiller simplement mais avec goût, comme son père. Tout en prenant garde de ne pas faire de bruit, il descendit dans la cuisine où il avala rapidement un café, piqua un croissant dans la panière. Puis il prit son sac à dos devant l'entrée et sortit en refermant doucement la porte derrière lui.

Sa journée au lycée se passa comme toutes les autres, entre rires, plaisanteries, sermons des mêmes professeurs. Ce jour-là, il finit les cours de bonne heure.

En jetant un coup d'œil à sa montre, ses yeux perçants se perdirent dans le lointain. « Que faire ? Il était trop tôt pour se rendre au quartier général » Il décida alors d'aller flâner dans le centre commercial situé près du lycée.

Il s'attarda sur les derniers albums de musique en vogue, eut un sourire amusé en voyant que plusieurs filles à peine sorties de l'enfance lorgnaient vers lui ou plutôt sur sa longue silhouette élégante, puis se rendit directement vers le rayon vêtements.

Il regarda plusieurs chemises, en repéra une plutôt « colorée » puis il se décida de repartir tout en se disant qu'il devait absolument parler de cette chemise à ses parents. En sortant de la grande surface, il vit plusieurs jeunes de son âge. Il crispa légèrement la mâchoire. Des visions » apparurent devant ses yeux, assombrissant son visage. Pendant quelques secondes, il ferma les paupières et « les images » disparurent comme par magie.

Il erra pendant de longues minutes. Il s'arrêta sur le bord d'un parapet. Le regard perdu dans le vague, une cigarette se consumant entre les doigts, il plongea une nouvelle fois dans ses pensées sombres et douloureuses. Ce fut le carillon de la cathédrale qui le fit sursauter. Aussitôt « les images » qui l'avaient si longtemps retenu, disparurent. C'était déjà l'heure de rentrer. En poussant un vague soupir, il examina l'endroit où il était. Il n'avait pas pensé que « ses réflexions » avaient pu l'entraîner aussi loin de son quartier. En accélérant légèrement le pas, il fit demi-tour et prit un raccourci pour se rendre plus vite à son domicile.

En ouvrant la lourde porte de l'entrée, il sentit l'odeur du repas qui venait lui chatouiller agréablement ses papilles gustatives. Après avoir fait un rapide brin de toilettes, il gagna, comme tous les soirs, la salle à manger. Ses parents y étaient déjà installés à la même place. Après les avoir salués et effectué les mêmes gestes maintes et maintes fois répétés, il s'assit, juste en face de sa mère. « Ce rituel » du repas durait depuis près de dix ans. Appréciait-il que tout soit, chez lui, réglé comme une horloge ? Difficile à dire !

Quelque part, cela le rassurait, mais parfois il aurait aimé avoir un peu plus de fantaisie chez lui. Le repas se déroula sans accroches.

Quand il évoqua son tour dans l'espace commercial de la ville,
sa mère, qui voulait sans cesse lui faire plaisir, lui assura qu'elle lui donnerait dès le lendemain l'argent nécessaire pour qu'il puisse acheter la chemise qu'il avait repérée.

Malgré l'excitation que lui procurait cet achat, il se disait qu'il était parfois trop facile d'obtenir ce qu'il voulait. En effet, dès qu'il « flashait » sur quelque chose, il suffisait qu'il en parle à ses parents pour l'avoir et cela quelque soit le prix. Il monta se coucher juste après le repas, prétextant qu'il était fatigué. Le halo de lumière éclaira un long moment le filet qui transperçait le bas de la porte de chambre.

Comme depuis de nombreux soirs, son sommeil fut agité. La conversation qu'il avait eue au repas du soir avec son père l'avait fortement perturbé.

Son père, bien sûr, ne l'avait pas remarqué. Comment aurait il pu se douter, ne serait ce qu'une seconde, que son fils était concerné par le sujet et que cela le rendait très malheureux ?

Le lendemain, les yeux cernés, Kévin traîna son mal être toute la journée. Ses copains et en particulier, Mat son meilleur ami essayèrent de savoir ce qu'il avait. Mais Kévin resta muet, muet comme une tombe.

En parcourant le net, en lisant tous les livres traitant « du sujet » il sut qu'il serait toujours considéré comme différent, qu'il ne pourrait jamais prétendre à une vie heureuse. Qu'elle serait forcément parcourue d'embûches, de douleurs, de larmes, de cris à peine murmurés.

Pourtant une semaine plus tard, il prit son courage à deux mains et « avoua » ce qui le bouleversait à ce point depuis des mois. Il vit de suite le visage de son père se crisper, celui de sa mère pâlir.

- Mon fils, je t'avertis : si tu persistes dans cette voie, tu sais ce qui risque de se passer ? Tu finiras tes études et tu partiras de la maison, vociféra le père.

- Mais papa, commença Kévin.

- Je peux être tolérant mais là, tu m'en demandes trop. Tu ne fais pas le bon choix et à ton âge, tu ne sais pas ce que tu veux !

- Je sais exactement ce que je veux ! Je sais surtout ce que je ne veux pas, répliqua Kévin le visage aussi pâle que celui de sa mère.

- Dans ce cas, tu sais ce qu'il te reste à faire.

- Tu ne changeras pas d'avis ?

- Non, Kévin. Ce genre de choses, je ne peux pas le tolérer.

- Très bien père, je prends bonne note de ta décision.

Ce fut à ce moment que sa mère intervint :

- Tu imagines les répercussions que cela pourrait entraîner sur nous, notre famille ?

- Alors, c'est tout ce qui te préoccupe maman ? Ce que les autres pourraient dire ?

- Ton père a une réputation à tenir, il est respecté par toute la communauté, tu ne veux pas que nous devenions la risée de toute la ville ?

- La risée ? tu ne crois pas que tu exagères un peu ?

- Non, pas du tout. Réfléchis bien Kévin, on pourrait peut être aller voir un médecin, un psychiatre qui te soignerait ? continua sa mère.

- Oui, c'est une excellente idée, intervint son père, apparemment soulagé d'entendre cette proposition.

- Je ne suis pas malade ! s'écria Kévin.

- Reconnais quand même que ce n'est pas normal d'éprouver cela. Tu n'as jamais manqué de rien, nous ne t'avons pas élevé dans ce sens lui répondit sa mère, atterrée.

- Jamais je n'irai voir un médecin, plutôt crevé ! explosa Kévin en quittant très brutalement la pièce.

Le lendemain, tard dans la matinée, sa mère fut surprise de voir le sac à dos de son fils toujours dans le hall. En effet, lorsqu'elle se levait, celui-ci était déjà parti au lycée. En fronçant les sourcils, elle monta et frappa par acquis de conscience à la porte de la chambre de son fils. Personne ne lui répondit. Quand elle ouvrit la porte, elle eut, étrangement, un mauvais pressentiment. Son regard se posa, de suite, sur le lit de Kévin. Elle le vit, là, étendu. Il semblait dormir. En s'accrochant à l'espoir qu'il ne s'était peut être pas réveillé à temps pour le lycée, elle s'approcha de lui et le secoua gentiment : aucune réaction.

En sentant son cœur battre sourdement, elle le secoua plus violemment. Toujours pas de réaction. Alors, elle toucha son bras ; il était froid. Dés lors, ses larmes ne purent s'empêcher de couler. Tout en se faisant violence pour se détacher du « corps » de son fils, elle remarqua un bout de papier posé bien en vue sur le bureau. Effarée, elle déchiffra rapidement les quelques mots griffonnés à la hâte.

« Pardonnez moi, il m'était trop difficile de vivre sans vous. Mais de redevenir ou d'être celui que je ne serai jamais m'est impossible »

Elle ferma les yeux et se maudit. Après avoir enterré son fils, souvent, elle repassa en boucle la dernière conversation qu'ils avaient eue avec leur fils. Avec leurs mots intransigeants, ce qu'ils lui avaient dit, comment ne pas se culpabiliser après cela et continuer à vivre après un tel drame !

Questions qui n'obtiendraient, sans doute, jamais de réponses.

Son fils avait juste voulu leur avouer la vérité, sa vérité : son homosexualité.

Cet être là

Ce souvenir, bizarrement est, et restera gravé dans ma tête. J'étais une adolescente solitaire, en décalage constant non seulement avec les autres, mais également avec moi même ; je dirais encore plus particulièrement avec moi même. Un soir, alors que j'allais me coucher, j'eus tout d'un coup une sensation bizarre, sentiment soudain et vif, presque violent d'être observée. En montant l'escalier qui menait à ma chambre, cette impression s'intensifia jusqu'à en devenir presque douloureuse. Je me retournai, ce geste à lui seul, prouva l'incongruité de la situation et pourtant, je l'avais fait, de manière automatique, inconsciente.

Cette nuit-là, je dormis mal, des rêves étranges, tortueux m'entraînèrent vers des réveils brusques et douloureux. Le lendemain matin, je me levais tard, j'étais en vacance, heureusement car j'aurais bien été incapable de me concentrer sur quoi que ce fût. Cette sensation me poursuivit toute la journée, s'accélérant à certaines heures. Je sentis quelque chose ou quelqu'un s'insinuer dans tous les pores de ma peau jusqu'à pénétrer au plus profond de mon âme et de mon coeur. La vision d'une jeune fille s'immisça sous mes paupières puis explosa devant mes yeux. Un frisson me parcourut, un air glacial s'engouffra dans mes veines, c'était elle. Difficile d'oublier un tel visage, impossible de ne pas se souvenir d'un destin si tragique.

Je sentis sa présence comme une épée de Damoclès suspendue juste au dessus de ma tête, ; elle me rendait fébrile. Je me sentais tendue tant cet être m'étouffait de son invisible essence, visiblement torturée ; un visage qui me hantait, qui ne semblait pas en paix. Que me voulait-elle ?

Le soir même, je posai, mine de rien, quelques questions à ma mère. Celle ci me répondit toujours la même chose, ce que je savais déjà, ce que je connaissais, bref, je n'appris rien de nouveau. Alors que dans d'autres circonstances, j'aurais été ravie de monter me coucher, là, je ressentis la même angoisse que la veille, me retournant sans cesse comme pour « vérifier » son improbable présence.

Je dormis une nouvelle fois fort mal, j'eus même l'impression d'avoir entendu une voix dans mon sommeil, sa voix, : une petite voix sourde, pleine de larmes, me suppliant de l'aider, de découvrir la vérité sur ce qui c'était réellement passé. Je me réveillais en sursaut, avais-je rêvé ? D'une main tremblante, la peur au ventre, j'allumais la veilleuse sur ma table de chevet, un halo de lumière baigna aussitôt l'obscurité de ma chambre. J'eus beau scruter :, rien. Ecouter, mais je n'entendis que le silence refusant de répondre à mes angoissantes questions. Une fois de plus, j'eus toutes les peines du monde à me rendormir. Semi conscient, je me levais le lendemain matin, obnubilée maintenant par cette femme.

Je ne pensais plus qu'à elle, l'entendais presque me murmurer ses suppliques à l'oreille. Plus d'une fois, je me retournais persuadée de la trouver là derrière moi ou tout prêt de moi, des larmes de sang roulant sur ses joues blafardes.

Sa présence me tenaillait, me dévorait. Elle avait pris possession de ma vie, de mon âme, de mon coeur. Je devais accomplir une mission, je devais savoir. Elle me l'avait dit ou plutôt son esprit me l'avait suggéré, presque ordonné. Ce jour là, je profitais de l'absence de mes parents pour fouiller dans les documents que mon père rangeait dans une vieille commode en bois. Le coeur battant, j'ouvris le tiroir qui refusait de se fermer complètement tant il était vieux et lourd de tous ces souvenirs portés. Alors que d'une main tremblante, je dégageais quelques vieilles photos jaunies, une pochette capta mon attention. C'était un simple dossier usé ; aucun nom n'était indiqué dessus.

Poussée par une force que je ne pouvais expliquer, je l'ouvris.

Une photo tomba. C'était elle ! Elle souriait au photographe, cette belle fille d'à peine quinze ans, innocente, naïve, ignorant que le chemin qu'elle devrait prendre un soir d'hiver la conduirait inexorablement vers la dame à la faucille ; cet être maléfique drapé de noir qui vole au hasard les vies des êtres humains, les dépouillant ainsi de leur enveloppe charnelle. En déglutissant difficilement, je me forçais à lire les coupures de journaux qui étaient avec. Je devais le faire, c'était inexplicable, incontrôlable mais je devais le faire. Je lus tout, les détails tous plus horribles les uns que les autres, le journaliste n'épargnant nullement le lecteur. A la fin, comme possédée par tout autre chose, je rangeais la chemise en carton jaunie et refermais doucement le tiroir.

Je retournais dans ma chambre, me dirigeais vers la fenêtre et contemplais sans le voir, le spectacle que m'offrait le jardin. Je pensais à elle, la douleur sourde qui me torturait depuis des jours s'insinua à nouveau mais là, ce fut violent, terriblement violent. La souffrance me percuta de plein fouet, un couteau me vrilla le coeur. Je sentis des larmes monter, je passais nerveusement une main dans mes cheveux. Je n'allais tout de même pas pleurer, là, en songeant à cette mort horrible et tragique. C'était ridicule, je ne la connaissais pas, comment aurait-il pu en être autrement ? Et pourtant, j'eus mal ce jour-là. Pour la première fois, je sentis cette douleur cuisante que l'on peut éprouver lorsque nous perdons un être cher, ce fut vif, brutal, terriblement violent. Mes larmes si longtemps retenues, contenues, roulèrent sans bruit sur mes joues. Je ne les retins pas, je les laissai couler. Devant mes yeux, s'incrusta son visage, il était là, j'aurais pu le frôler des doigts, en me concentrant, je pouvais même entendre sa voix, une nouvelle fois, encore une fois.

Je mangeai peu ce soir là puis me rendis rapidement dans ma chambre comme si cet être m'avait donné rendez vous. Je me revois allongée sur mon lit : dormais-je réellement ou non ? Difficile à dire, j'ai beau remuer mes souvenirs, me torturer la mémoire, celle-ci demeure close sans que je ne parvienne à y trouver la clef.

Tout d'un coup, je vis devant moi le visage de cette femme qui m'avait tant obsédée les jours précédents. Je bondis hors de mon lit, le coeur battant, je le scrutais. Flottant sur le mur juste en face de moi, son visage était brumeux, cireux, elle était belle, je la regardais attentivement me demandant ce qui allait se passer ensuite. Elle me sourit et me dit d'une voix pour la première fois apaisée : « merci de ton aide, au revoir » puis elle disparut aussi rapidement qu'elle était apparue. Cette vision ne dura qu'une fraction de seconde : avais je rêvé ? L'avais je bien vu ? Nul le ne sait et nul ne le saura jamais. Mon esprit cartésien me dit que j'ai dû rêver, que les revenants n'existent pas et pourtant...

Le lendemain matin, cette impression de pesanteur, cette sensation d'être toujours suivie disparurent en même temps. Elles ne revinrent plus jamais. Aujourd'hui, il m'arrive encore de penser à cet étrange souvenir, de sentir un petit quelque chose, presque imperceptible. Je sais et aussi incroyable que cela puisse paraître qu'elle est devenue comme un ange gardien pour moi.

De temps à autre, dans mes rêves, je revois son visage passer devant moi, dans mes rêves vous dis-je..Rêve, réalité, imagination ? Je ne saurais le dire.

Je me suis longuement demandé quelle traduction pouvais-je faire de son message : « Merci ! » mais merci pourquoi ? Aujourd'hui, je pense qu'elle voulait que je sache la vérité sur ce qui lui était réellement arrivé ! Son viol, sa longue agonie, sa peur presque palpable…

Parfois, je sens comme une brise voler la petite flamme d'une bougie allumée un soir d'hiver. Je souris, nostalgiquement, ignorant si c'est elle qui vient me faire un clin d'œil. Parfois, je sens comme un manque atroce qui me dévore le cœur et l'âme…l'amour de ma femme, pourtant si fort, ne parvient pas à l'apaiser, rien ne pourrait combler ce gouffre.

Quand la douleur devient trop intense, je revois son visage brumeux, son sourire timide et les larmes roulent sur mes joues. Alors, je serre les poings à m'en faire mal, je maudis le ciel d'avoir fait basculer ce destin d'une manière aussi tragique, je prie Dieu de me laisser en paix, de la laisser partir en me demandant toujours « Pourquoi moi ? Pourquoi dois-je ressentir ce manque terrible comme si quelqu'un m'avait privée d'un amour fraternel à jamais ?

Comment m'échapper de cette emprise, de cet être qui est là pour moi, qui n'existe pas pour les autres puisque seulement présente au fond de mon être et à mes cotés.

Il y a des jours, où elle reste invisible, ce qui me ravit. D'autres, où elle choisit de m'imposer sa présence, sans doute parce qu'elle s'émeut de ma solitude.

Il m'est arrivé, même, de faire ce geste à la fois fou et totalement incongru : tendre la main pour toucher cette image que nul ne peut distinguer , l'appeler mentalement pour la voir apparaître une nouvelle fois, juste une dernière fois. Mais, à mon grand regret, rien ne se passe. Et, ce manque d'elle, infiniment douloureux et cruel continue à ce même moment à me dévorer le cœur sans que personne ne puisse m'apaiser, ni même sécher mes yeux débordants de larmes.

Elle m'a choisie. La raison, je ne la connais pas, sans doute qu'elle ne me sera jamais révélée mais une question me troublera toujours : « ressentirais-je cette absence tout au long de ma vie et même au-delà de celle-ci ? »

Un couple si tranquille

Comme tous les soirs, il l'attendait à la sortie du lycée. Ils se connaissaient depuis près d'un an, mais ne sortaient officiellement ensemble que depuis quelques mois. Son visage, sa voix, sa silhouette, tout chez lui dénotait ces transformations qui poussent tout adolescent à devenir un jeune homme. Sa compagne, quant à elle, épousait des formes longilignes, mais quelques traces de l'enfance subsistaient encore sur son visage, dans sa façon de parler notamment. Ils formaient un beau couple, à l'orée de la vie, faisant partis de ces amoureux innocents, heureux d'être ensemble. Tout simplement.

Lorsque Laura sortit du lycée, flanquée d'Amandine, ses yeux se perdirent aussitôt vers la grille d'entrée, cherchant la haute silhouette brune de son amoureux Hervé. Tout en continuant d'écouter, d'une oreille devenue distraite, sa meilleure amie parlant avec animation du dernier groupe à la mode, son visage se détendit, un sourire involontaire joua sur ses lèvres lorsqu'elle devina la présence tant espérée non loin de l'entrée.

Suivant son regard, Amandine sourit et lui lança :

- Je vois que tu as trouvé plus intéressant que ma conversation ?

- Désolée, mais tu sais ce que c'est, dès que je vois Hervé, je me sens transportée sur un petit nuage et je ne rêve que d'une chose : ne jamais en tomber !

- Oui, je comprends surtout que ce type est génial et il est fou amoureux de toi, je peux te l'assurer.

Laura se contenta d'hocher la tête sans même lui répondre. Elle savait que ce garçon était amoureux d'elle, du moins, elle l'espérait du fond du cœur. En pensant à la nouvelle preuve d'amour qu'il lui avait donnée la veille au soir, elle sentit son cœur défaillir de plaisir et certainement d'amour.

Après avoir salué chaleureusement sa meilleure amie, elle se jeta littéralement dans les bras de son bien-aimé. Ils échangèrent un long baiser sensuel puis partirent tendrement enlacés.

- Tu as passé une bonne journée ? lui demanda-t-elle.

- Oui, excellente et toi ?

- Oh, moi tu sais, les cours sont tellement ennuyeux.

Hervé lui lança un sourire indulgent. Il savait que les études n'étaient pas une grande passion pour Laura. Elle se projetait déjà beaucoup plus loin, avec un métier en poche et pourquoi pas une petite famille à chérir. Le jeune homme n'était d'ailleurs pas forcément contre, mais il aimait également l'insouciance que leur procurait leur jeune âge et comptait bien en profiter avant de s'installer de manière définitive avec une femme.

Comme souvent le soir, avant de la raccompagner devant chez elle, ils prirent un pot dans un troquet discret, à la décoration chaleureuse. Main dans la main, ils se murmurèrent alors des promesses et des serments tout en se caressant amoureusement du regard. Ils décidèrent de repartir lorsqu'ils entendirent le carillon de l'église du quartier chantonner dix-huit heures. Comme à l'accoutumée, Hervé jeta quelques piécettes sur le comptoir, salua amicalement le barman et ils quittèrent l'établissement en souriant béatement.

En chemin, elle lui parla de son anniversaire. En effet, deux semaines plus tard, Hervé allait avoir dix-huit ans. Un âge important dans la vie d'un être humain et il comptait le fêter dignement. Elle avait déjà une idée de cadeau, mais dès qu'elle aborda le sujet, elle vit le visage du jeune homme s'assombrir quelque peu.

- Que se passe-t-il ? lui demanda-t-elle un peu inquiète.

- Je ne sais pas, je n'ai pas trop envie de fêter mon anniversaire, avoua Hervé.

- Ben pourquoi ? S'étonna Laura.

- Oh, tu sais comment ça va se passer. Il y aura beaucoup de monde, de l'alcool certainement, j'ai peur que cela finisse mal.

- Il te suffira de veiller à ce qu'il n'y ait pas de débordements. Si tu tries tes amis sur le volet, ça ne devrait pas poser de problèmes ? Et puis tu sais, même s'il y a quelques jeunes ivres, cela ne sera pas un drame, si ?

- Oui peut-être, fit-il pensivement.

- Allez, crois-moi, ça va être une super fête, nous allons bien nous amuser et tout ira bien, le rassura tendrement Laura.

Il la contempla longuement. Il avait beaucoup de chance d'être à ses côtés et il le savait fort bien. « Après tout, si elle avait raison ? Si je m'en faisais pour rien ? » Rasséréné par ce qu'il venait d'entendre, il poussa un léger soupir et ses traits se détendirent enfin.

- Ok, tu as sûrement raison, tout se passera bien.

- Ravie de te l'entendre dire, fit Laura en déposant un tendre baiser sur ses lèvres.

Après un dernier geste de la main, elle rentra chez elle. Il était près de dix-huit heures trente, sa mère lui avait laissé un mot bien en évidence.

Elle rentrerait plus tard que prévu, quant à son père, il était en voyage d'affaires et ne pourrait regagner le domicile familial que la semaine suivante.

Laura était habituée à être seule chez elle et cela ne la dérangeait plus, mieux encore, elle appréciait ces instants de tranquillité où elle pouvait laisser errer ses pensées vers des contrées inconnues de tous et dont elle seule connaissait les moindres aspérités et secrets.

Une fois ses devoirs terminés, elle appela Hervé comme elle le faisait presque tous les soirs. Après s'être souhaités une bonne nuit, elle envoya un sms à sa meilleure amie, et ferma les yeux.

La fin de semaine se déroula sans événement notable et les journées de nos tourtereaux furent toujours ponctuées par les cours au lycée, leur petit tête à tête le soir, puis le retour à la maison de Laura. Celle-ci préparait la fête qu'elle avait organisée pour Hervé. Elle n'avait plus qu'à finaliser les invitations, acheter le cadeau et cela serait terminé. Heureusement, pour cet événement, elle se faisait aider par sa meilleure amie ainsi que le meilleur pote d'Hervé avec qui elle s'entendait très bien.

Quelques jours avant le fameux anniversaire, elle eut une discussion plutôt sérieuse avec sa mère au sujet de la sexualité, ou plus exactement de la sexualité chez l'adolescente.

Elle la rassura en lui affirmant qu'Hervé attendrait le temps qu'il faudrait, qu'il savait qu'elle n'était pas prête et que jamais il n'avait fait le moindre geste ou la moindre allusion qui aurait pu démontrer le contraire.

Sa mère fut bien évidemment soulagée. Elle appréciait le jeune homme, l'ayant rencontré à plusieurs reprises. C'était un garçon posé, sérieux et charmant. De plus, il avait toujours eu une attitude très respectueuse envers Laura ; elle s'était également aperçue qu'il tenait beaucoup à sa fille. Elle avait toute confiance en Laura, c'était une jeune fille qui avait la tête sur les épaules, donc tout allait bien.

Quelques jours plus tard, la jeune adolescente finalisa les derniers préparatifs et alla acheter le cadeau de son homme. Il était passionné de jeux vidéo, comme beaucoup de personnes de son âge. Elle savait qu'il voulait le dernier jeu de stratégie qui faisait fureur. Seul hic, il coûtait plutôt cher et Hervé, qui était en cursus d'apprentissage, ne gagnait pas beaucoup d'argent.

Laura le savait comme elle savait aussi que ce jeu lui tenait à cœur. Connaissant depuis des mois le prix exact de ce cadeau, elle s'était fait un point d'honneur à rassembler l'argent pour le lui offrir.

Une fois le cadeau acheté et emballé, elle décida de s'occuper de sa toilette et lorgna la garde-robe de sa mère.

Celle-ci s'habillait en général plutôt bon chic, bon genre, mais elle avait quelques fringues plutôt sympas et d'aspect très jeune ; de plus, elles faisaient sensiblement la même taille.

Enfin, le grand jour arriva. Laura eut du mal à dormir tant elle était excitée par l'événement. Elle se prépara avec soin, elle n'avait quasiment pas quitté sa meilleure amie ainsi qu'Hervé de toute la journée, souhaitant que tout fût parfait. Laura avait déjà, pour son jeune âge, un sens de l'organisation presque inné et tout semblait réuni pour passer une excellente soirée. Elle avait pour idée d'offrir à son homme son cadeau juste avant de partir pour la salle réservée à l'événement. Elle réussit à le voir juste avant de s'y rendre.

Il fut bien sûr ravi de ce que Laura lui avait offert. Il ne put s'empêcher de faire quelques pas de danse, ce qui fit beaucoup rire la jeune fille. Ils partirent main dans la main jusqu'à la salle des fêtes. Arrivés sur les lieux, ils s'aperçurent qu'il y avait quelques invités déjà présents.

Le début de soirée se déroula pour le mieux. Tout le monde s'amusait et riait. L'ambiance était endiablée. Laura sortit de la salle tard dans la nuit, non seulement pour prendre un peu l'air, mais aussi pour pouvoir parler à sa meilleure amie. Elle avait perdu de vue Hervé. Cela ne l'inquiétait pas outre mesure.

Après tout, c'était son anniversaire, sa soirée, et il avait plus que n'importe qui d'autre le droit de se lâcher. Après avoir discuté avec Amandine, elle lui dit qu'elle souhaitait rester encore un peu dehors avant de rentrer. Alors qu'elle s'était un peu éloignée, elle sentit deux mains l'enlacer, elle sursauta et se retourna vivement.

- Tu m'as fait peur !

- Tu n'as pas à avoir peur de moi.

- Je sais, mais je ne m'attendais pas à te voir ici.

Le jeune homme commença à l'embrasser fougueusement, ses mains devinrent plus caressantes, de plus en plus insistantes, tout comme ses baisers. Laura, affolée, essaya de le repousser, en vain…

Quelques minutes plus tard, elle partit en courant. Arrivée chez elle, elle s'enferma dans la salle de bain. D'un geste saccadé, elle ouvrit la pomme de douche et resta sous l'eau un long moment, ses larmes se mêlant aux gouttelettes d'eau. Les yeux fermés, elle refusait de croire ce qui s'était réellement passé. D'innombrables questions défilèrent dans sa tête. « Pourquoi avait-il osé lui faire ça ? » « Pourquoi ne s'était-il pas arrêté quand elle lui avait dit non ? » « Pourquoi lui semblait-il ne pas l'avoir reconnu ? »

Elle alla se coucher, les poings serrés, elle pleura longtemps, doucement pour ne pas réveiller sa mère.

A l'aube, elle finit par s'endormir, des traces de larmes sur ses joues.

Le lendemain, sa mère vit tout de suite que quelque chose n'allait pas, en insistant un peu, Laura finit par lui dire la vérité. Le visage de sa mère se crispa, ses poings se serrèrent, une lueur de meurtre s'alluma dans ses yeux clairs.

Elle porta plainte. Le procès fut long, humiliant, douloureux. Hervé fut condamné à une peine légère à cause de circonstances atténuantes qui lui avaient été imputées: Malgré lui, il avait été sous l'emprise d'un cocktail assassin : alcool, drogue (ecstasy et cannabis)

Laura ne s'en remit jamais, sa mère non plus.

À toutes les victimes de violences sexuelles provoquées par des substances toxiques telles que l'alcool et la drogue

Le silence des coups

L'intérieur de leur maison était digne d'un catalogue prestigieux de décoration. Les meubles cirés de près jouaient harmonieusement avec les rayons du soleil et suscitaient sur la pièce un clair obscur du meilleur effet. Un magnifique bouquet de fleurs trônait sur la lourde table en chêne massif de la salle à manger. Il rajoutait ainsi à la fois une pointe de gaieté et de lumière à la pièce… La maison était immense, composée d'innombrables recoins, couloirs et pièces qui en faisaient aussi tout le charme.

En haut de la colline, elle ne pouvait pas passer inaperçue et bon nombre de curieux s'y arrêtaient pour admirer à la fois l'immense parc arboré mais également la façade au ton clair et chaud qui ajoutait un cachet supplémentaire à cette villa superbe. Les propriétaires paraissaient aussi charismatiques que l'endroit où ils vivaient. C'était des notables de la région, des gens à la fois riches et importants. Sur la sonnette d'entrée, on pouvait lire un nom : Famille O'Connors.

Ce matin là, Brian O'Connors âgé de quarante cinq ans se prépara soigneusement afin de se rendre à l'hôpital. Les mêmes rituels l'accompagnaient : douche dès le levé, puis petit déjeuner en peignoir, ensuite lecture du journal, du moins, les gros titres, et habillage. Il changeait de chemise tous les jours, c'était une règle à laquelle il ne dérogeait jamais.

C'était sa femme, Aline O'Connors qui préparait, la veille et avec soin, son costume composé d'une chemise, d'un pantalon, une cravate et un veston… Une fois habillé, il jeta un œil sur le miroir ou plutôt ne put s'empêcher de se regarder admirativement. Brian ne faisait pas son âge, ses traits étaient fins, sa peau hâlée par le soleil rehaussait l'éclat de ses yeux d'un bleu perçant. Il avait encore un corps de jeune adulte, à la fois musclé et terriblement attirant. C'était un de ses êtres charismatiques qui éveillaient souvent des sentiments opposés : l'amour et la haine, l'admiration et la jalousie, un homme qui dès qu'on le rencontrait, ne serait ce qu'une fois, restait gravé dans la mémoire de celui qui avait eu la chance de le croiser. Le carillon de la lourde horloge du salon le ramena à la réalité. Tout en jetant un coup d'œil à sa montre, il prit au passage son attaché case puis sortit sans faire de bruit de la maison.

Le trajet lui permit de songer à la dure journée de travail qui l'attendait. Il allait encore enchaîner des dizaines d'interventions et sauver très certainement quelques vies. Arrivé aux urgences, il salua quelques personnes puis comme tous les matins, se dirigea droit vers son bureau, il ôta sa veste, enfila sa blouse blanche, vérifia qu'il avait dans ses poches tout ce dont il aurait besoin pour sa journée, prit un rapide café et s'engouffra dans l'antre des urgences…La journée se déroula à un rythme d'enfer. Il eut à peine le temps d'avaler un rapide déjeuner…

Pendant ce temps, sa femme Aline vaquait à ses occupations. Après avoir trié le courrier du matin, elle passa quelques coups de fils importants, lança quelques invitations pour le we suivant, puis, alla faire les boutiques du coin. Elle pouvait s'offrir tout ce qu'elle voulait, l'avantage certain d'être l'épouse du plus riche et du plus puissant chirurgien de la région. Cependant, celle-ci n'était pas heureuse ; si elle avait l'apparence de la femme et de l'épouse parfaite, elle en avait bien, hélas, que l'apparence. Les faux semblants, le clinquant étaient devenus une seconde nature pour elle, un peu une seconde peau. Des questions, elle s'en posait, régulièrement, mais irrémédiablement, elle butait toujours sur celle qui revenait sans cesse dans son esprit, comme les vagues brisant les rochers sur le rivage. Les personnes qu'elle côtoyait avec son mari croyaient ou pensaient que si elle ne parlait que très peu durant le dernier vernissage ou le dernier dîner entre gens importants, c'était tout simplement parce qu'elle était timide. La vérité était nettement plus cruelle, sans doute plus simple mais inimaginable et tellement peu probable…

Elle s'offrit quelques vêtements, deux paires de chaussures. Ceux-ci rejoindraient le nombre impressionnant de chemises, jupes et tailleurs en tout genre ainsi que les nombreux souliers qui occupaient presque en totalité une lourde armoire.

En attendant son cher mari, elle se servit un verre de vin, les yeux dans le vague, elle ne put que se remémorer, comme souvent lorsqu'elle était seule, sa rencontre avec Brian, son charme presque insupportable, sa carrière débutante mais déjà pleine de promesses, cette façon de réussir tout ce qu'il touchait. « Toucher ? » ce mot à lui seul entraîna chez elle un frisson qui remonta jusqu'à sa nuque. Elle déglutit difficilement et comprenant qu'elle allait se sentir mal, elle préféra fermer les yeux. Ce simple clignement de paupière réussit, comme toujours, à balayer les images qui s'étaient incrustées dans sa mémoire.

Elle poussa un soupir, fit demi tour et jeta un œil à la pendule. Il était encore tôt ; pour finir de retrouver une certaine sérénité, elle décida de prendre une bonne douche. Une fois celle-ci prise, elle orienta son choix vers un pantalon en lin blanc et un chemisier blanc cassé. Elle jeta un œil presque indifférent au miroir qui lui renvoyait systématiquement l'image d'une belle femme, brune aux yeux verts, à la silhouette fine et sensuelle. Elle connaissait l'effet qu'elle provoquait aux hommes, et n'en faisait pas grand cas. Cela l'indifférait. Elle savait surtout quel effet elle faisait encore sur Brian. Agacée par le tour que prenaient ses réflexions, elle sortit de sa chambre et en attendant son mari, elle feuilleta distraitement une revue de mode. Comme tous les soirs, celui-ci, dès son arrivée, embrassa rapidement sa femme, puis alla se changer.

Le repas fut frugal, Brian aimait manger léger le soir, « afin de mieux supporter la nuit » comme il aimait le rappeler. Ce soir là, lorsque Brian s'allongea sur sa femme, elle ferma les yeux et essaya de dériver vers un autre monde, loin de ce lit, surtout loin de Brian. Il s'endormit de suite après au grand soulagement d'Aline. Elle songea que cette fois ci, elle avait eu de la chance, il s'était contenté de vouloir coucher avec elle, elle avait évité le pire surtout parce qu'elle avait « accepté » de se plier à ses exigences.

Le lendemain, elle put souffler car Brian allait être absent toute la journée, jusqu'à tard dans la soirée. Elle s'octroya donc une longue grasse matinée, suivie d'un encas devant la télévision, puis d'une longue balade dans les bois qui se trouvaient près de chez elle. Elle se coucha tôt et se réveilla à peine lorsque Brian rentra, sans faire de bruit, pour une fois. Le cœur battant, elle attendit d'entendre son souffle régulier prouvant qu'il venait de s'endormir, puis referma les yeux, apaisée. Le lendemain midi, elle s'extirpa du lit difficilement. Ses côtes lui faisaient mal. Elle savait qu'il n'y avait pas grand-chose à faire, sinon qu'il faudrait attendre, une fois de plus, quelques semaines, qu'elles pussent se consolider. Elle ne put pas faire grand-chose de toute la journée. En tâtant son côté droit, elle grimaça de douleur. Elle aurait pu aller voir le médecin, mais elle savait déjà qu'elle n'aurait pas su ou pas pu répondre à ses questions.

De plus, contre des côtes cassées, il n'y avait pas grand-chose à faire, juste du repos. Elles se ressouderaient seules, elle le savait. Elle avait, malheureusement l'habitude.

Les jours passèrent paisiblement, Brian laissa sa femme tranquille. Là encore, il s'agissait d'une espèce de rituel. Il cassait, il attendait, puis recommençait, comme un refrain sans fin, une musique éternelle. Brian était un homme très occupé, son travail lui prenait un temps incroyable, en parallèle, bien sûr, il œuvrait pour le bien être de la communauté. Aux yeux de tous, il était un homme bien, un bon mari, un bon époux et surtout il avait permis à la ville bon nombre d'améliorations, comme un nouveau gymnase, la reconstruction de l'église, un nouveau stade. Les exemples ne manquaient pas. Bref, c'était un homme au dessus de tout soupçon, un être merveilleux comme se plaisaient à dire les « connaissances » du couple.

Alors qu'Aline cherchait vainement le numéro de téléphone pour faire livrer des fleurs, la sonnette d'entrée retentit. Elle fronça les sourcils et alla ouvrir surprise d'avoir une visite aussi matinale. Elle poussa un soupir à la fois résigné et agacé.

- Maman, quel bon vent t'amène ?

- Je venais aux nouvelles, ça fait plus d'une semaine que je n'en ai plus.

- Tu oublies l'âge que j'ai, je ne suis pas obligée de t'appeler tous les jours.

- Certes, cependant, je te connais, lorsque tu ne donnes plus signe de vie, je m'inquiète et tu sais pourquoi ! fit sa mère en lui jetant un regard plus appuyé.

- Oui, je sais, mais je t'ai déjà dit que ça n'arriverait plus et que ça ne te regardait pas.

- Ca, c'est toi qui le dis, comment veux tu que je te crois ? Rappelle-toi, la dernière fois, c'est moi qui t'es conduite à l'hôpital.

- Je m'en souviens très bien, mais aujourd'hui ça va.

- Ah oui ? il frappe moins fort ?

- Maman ! je te prie d'éviter ce genre de remarque ! fit Aline visiblement choquée.

- Excuse moi, mais quand je pense à ce qu'il t'a fait, je m'emporte, c'est plus fort que moi.

- C'est bon, je gère la situation, ne t'en fais pas.

- D'accord, d'accord, comme tu veux, je te crois.

Les deux jeunes femmes discutèrent encore un peu, cette fois-ci de tout et de rien, puis la mère d'Aline partit, à peine rassurée.

Une semaine plus tard, jour pour jour, un « accident » survint chez Aline et Brian. Une mauvaise chute dans les escaliers assura Brian, un coup en trop pensa la mère d'Aline.

La famille d'Aline voulut un procès, convoqua la presse, appela un avocat, en vain. Brian, protégé par les hautes administrations, les notables de la ville, en sortit, blanchi. Il osa même dire que ce non lieu avait « rétabli son honneur ». Quelques jours plus tard, on put apercevoir une femme courbée, les épaules baissées, les traits figés par le chagrin, à jamais. Elle parcourut l'allée centrale du cimetière, tourna à gauche, puis à droite et avança vers une tombe perpétuellement fleurie. Rituel éternel, rencontre immuable entre une mère et sa fille…Elle déposa une gerbe de fleurs sur le tombeau, fit un signe de croix, fixa le visage souriant gravé à jamais sur la pierre tombale et murmura : « Repose en paix ma chérie, là où tu es, il ne pourra plus jamais te faire du mal » une larme roula sur sa joue qu'elle n'essuya pas, et elle repartit à petit pas, rongée par les remords et la douleur…

A toutes les femmes victimes de maltraitances physiques et/ou sexuelles

Brian

Brian avait six ans, c'était un adorable bambin, avec un sourire perpétuel au bord des lèvres. Les yeux verts cendrés, une bouche bien dessinée, des boucles brunes. Physiquement, il ressemblait à sa mère mais avait le caractère rêveur de son père. Il pouvait passer des heures à imaginer la forme ou la course des nuages ; mais ce qu'il aimait par-dessus tout, c'était le parcours étrange et fascinant des étoiles sur le tapis noir de la nuit. Souvent, lorsque la ville s'était endormie, il se levait, montait sur le rebord de sa fenêtre et contemplait le scintillement du ciel.

Les paroles de son défunt grand père raisonnaient alors dans sa tête. Le vieil homme lui avait souvent raconté que si l'on parvenait à compter le nombre d'étoiles qui disparaissaient le soir et celles qui apparaissaient le lendemain, alors, on pourrait parler aux décédés appelés anges gardien...Brian, ce soir-là, fronça les sourcils tout en se concentrant sur le nombre d'étoiles déjà décomptées. Son grand père lui manquait tellement qu'il souhaitait par-dessus tout le voir réapparaître sous ses yeux d'enfant. Ses parents avaient beau lui dire qu'il ne s'agissait que d'un conte, mais le petit bonhomme persistait et voulait y croire dur comme fer. Une fois de plus, le sommeil eut raison de son obstination, mais il se promit, comme tous les soirs, de refaire une autre tentative le lendemain.

Quelques jours plus tard, alors qu'il partait se balader, il entendit ses parents parler à voix basses. Cela leur arrivait souvent, il fit demi-tour et colla son oreille à la porte de la cuisine.

Leur ton semblait trahir leur inquiétude. Cependant, impossible de savoir quel était l'objet de cet entretien secret. Puis son père lança soudain :

- Attendons le résultat des derniers examens.

En entendant cette dernière phrase, il se rémora la gentille infirmière qui était venue quelques jours plus tôt à la maison, afin d'effectuer une prise de sang à sa maman.

« *Et si maman était malade, gravement malade ? Comment pourrais-je le savoir ?* » . En sortant, il essaya de mettre une stratégie au point afin d'en apprendre davantage. Il était déjà conscient que ses parents parlaient rarement de choses importantes devant lui et qu'ils attendaient souvent qu'il fût couché pour entamer des discussions plus sérieuses, plus adultes, comme ils le prétendaient. S'il voulait connaître le fin mot de l'histoire, il devrait non seulement se montrer discret, mais également très malin.

Il claqua la porte de la maison, et se promena les mains dans les poches, le visage grave, en proie à de profondes réflexions.

Il s'arrêta près d'une clôture ; dans l'enclos, se trouvaient quelques vaches qui ruminaient tranquillement. En temps habituel, il aimait beaucoup observer ces animaux, mais là, son regard se perdit dans le lointain. Il était beaucoup trop soucieux et préoccupé pour se concentrer sur autre chose que l'état de santé de sa mère. Quelques minutes plus tard, il perçut le tintement régulier du clocher de l'église. S'il ne se dépêchait pas un peu, il allait être en retard pour le repas.

Il accéléra le pas jusqu'à courir à petits trots. Alors qu'il aperçut enfin les silhouettes des premières maisons du lotissement, il fut obligé de ralentir sa cadence tant son côté droit lui faisait mal. Avec peine, il récupéra son souffle et entra, le sourire aux lèvres, chez ses parents. Le repas se déroula dans la sérénité. Brian avait beau observer ses parents, rien chez eux ne révélait un quelconque trouble ni la moindre angoisse. Ils formaient une famille unie, du moins en apparence...

Le lendemain matin, Brian se leva avec mille peines. Des douleurs l'empêchaient de se déplacer comme il l'aurait voulu. *« Sans doute une petite grippe »* se dit-il avec insouciance. Pourtant sa mère refusa de le laisser sortir alors qu'il faisait un temps magnifique dehors. Il eut beau essayer d'argumenter, rien à faire, celle ci fut inflexible.

L'état de Brian se dégrada au fil des jours qui suivirent. Ses parents morts d'inquiétude et ravagés par la souffrance décidèrent de l'hospitaliser.

Ils parlèrent longuement avec le médecin chef du service. Ce soir là, l'un contre l'autre, les yeux rougis par les pleurs, ils parlèrent longuement à voix basse.

- Nous devons aller le voir et surtout ne pas lui montrer notre désarroi.

- Je sais, mais c'est si dur d'imaginer... commença la mère, sans avoir la force de continuer.

- Oui, je comprends, fit son mari en la serrant dans ses bras.

Quelques minutes plus tard, ils prirent leur courage à deux mains et rentrèrent, un sourire crispé sur leur visage, dans la chambre de leur fils. Brian était aussi pâle que les draps de son lit, il respirait avec difficulté. Le petit garçon connaissait suffisamment ses parents pour comprendre qu'ils lui cachaient quelque chose, quelque chose de grave...

- Qu'est ce que j'ai maman ? murmura t il.

- Une méchante infection mais tu vas vite guérir.

- Tu crois que je vais aller mieux ? questionna-t-il sans trop y croire.

- Bien sûr, répondit sa maman en détournant la tête pour ne pas qu'il vît les larmes qui brillaient dans son regard.

Le soir même, alors que ses parents s'étaient assoupis sur un des fauteuils, Brian sentit ses forces décliner peu à peu, sa respiration s'accéléra par saccades, puis, sous ses paupières closes, il ressentit tout près de lui la présence de son grand père. Rassuré et heureux de le retrouver enfin, il murmura avant de s'éteindre :

- La légende du ciel existe vraiment...

Leçon de vie

Un beau matin d'un ciel bleu profond, j'entrai dans l'immense établissement le cœur un peu battant. J'aimais les enfants, certes, mais comment allais-je réagir face à ceux là ? Que l'on cache presque de peur qu'ils soient trop montrés du doigt, trop blessés par les regards à la fois curieux et effarés des êtres que l'on dit « normaux »

D'emblée, un jeune garçon en fauteuil roulant fonça droit sur moi, je m'écartai légèrement de peur qu'il me heurte, il effectua un arrêt contrôlé en riant.

- T'as eu peur que je te fonce dessus, hein ?

- Euh, oui, un peu !

- T'es nouvelle, ici, tu t'appelles comment ?

Et le flot de questions commença, je découvris un autre monde, un monde peuplé d'enfants de tous âges ayant pour jambes de remplacement au mieux un fauteuil roulant, au pire de lourds chariots auxquels ils étaient attachés du matin jusqu'au soir. Je n'eus le temps ni d'être effarée, ni surprise mais je revins chez moi ce soir-là, toute honteuse de parfois m'apitoyer sur mes bobos sans gravité, d'avoir des coups de blues pour des bêtises.

Le lendemain, je retournais dans ce lieu que j'aimais déjà. Je discutais avec le personnel soignant, tous très à l'écoute de ces enfants pas comme les autres.

Pourtant en milieu de semaine, une soignante m'invita à entrer dans une aile un peu différente :

- Là, attention aux cœurs sensibles, me prévint -elle.

Un peu tendue, j'entrai dans la première chambre, j'essayais de n'être ni horrifiée, ni surprise ni de laisser jouer aucun sentiment qui aurait pu heurter le petit bonhomme assis sur son lit. Lui, un sourire fendant son visage, m'annonça d'emblée :

- T'inquiète, suis comme ça depuis que je suis né ! Je vais bien, je t'assure.

- Ok, c'est juste que j'ai été un peu surprise.
- Je ne t'en veux pas, je m'appelle Steven, j'ai 20 ans et toujours célibataire !

Au final, je passai toute la matinée avec lui, malheureusement pour lui, ce garçon n'avait rien d'humain, il avait une tête disproportionnée, de petits membres, un corps affreusement petit mais je compris très vite pourquoi il était devenu la mascotte du service. Il était toujours de bonne humeur, drôle ,intelligent, il m'avait expliqué que l'important, ce n'était pas son apparence qui n'était qu'une enveloppe mais ce qu'il avait dans sa tête et dans son cœur…Lorsque je repartis de sa chambre, je sentis une larme me chatouiller les yeux. Je l'effaçai avant qu'elle ne tombe.

Je fis connaissance aussi d'un autre jeune garçon, il s'appelait Martin. Accident de voiture à l'âge de 7 ans, moelle épinière sectionnée, fauteuil roulant à vie.

Il m'avait raconté ça d'un air candide, ses grands yeux bleus lui dévoraient le visage.

- Tu as l'air d'adorer cette vie ?

- Bein oui ! Je m'éclate avec mes copains, on fait des courses de fauteuils, c'est super rigolo !

- Ça doit être dur, parfois, non ?

Le petit garçon baissa alors sa tête, un voile assombrissant son beau visage.

- Tu sais ce qui est le plus dur pour moi ? murmura-t-il d'un coup.

- Non, qu'est-ce que c'est ?

- Lorsque les gens me regardent avec pitié et me demandent comment je fais pour être heureux, ce qui me fait mal c'est de savoir que je vais galérer pour aller à l'école, manger une pizza avec les copains, faire des études, trouver un travail. Rien n'est fait correctement pour les handicapés. Ça, ça me flingue, c'est pas d'être dans ce fauteuil qui est le plus dur ni de savoir que jamais je ne vais en sortir, mais c'est le manque de reconnaissance et le regard des gens dits « normaux ».

Je le regardais attentivement. Brian n'avait que 10 ans, une telle réflexion pour un gamin de cet âge me déconcerta complètement. Je le laissai à ses occupations après l'avoir salué d'un geste de la main et rencontrai d'autres enfants, tous étaient différents mais il avaient tous quelque chose en commun : cette volonté de vivre, de se battre et un optimiste à tout épreuve.

Bien sûr, il m'arriva parfois d'en consoler un ou deux, les plus sensibles, pas toujours les plus « atteints » physiquement. Il y avait des moments difficiles aussi. Je me souviens en particulier de cette jeune fille d'à peine 15 ans au visage d'ange. Malheureusement, elle était difforme, vraiment difforme. Elle était née ainsi, d'une maladie orpheline, comme elle disait en haussant les épaules. Elle regardait la télé tous les jours, et je voyais son visage s'assombrir et ses poings se serrer lorsqu'elle voyait deux adolescents s'embrasser ou se tenir par la main. Elle m'en avait parlé un jour, de la solitude, du manque d'amis et de petit ami. « Pas ici » comme elle disait, « car je suis comme les autres mais à l'extérieur »

Que lui répondre ? Que lui dire ? Je me contentais alors de la rassurer comme je pouvais. Ce n'était pas facile, je revenais souvent le soir, chez moi, chamboulée, le cœur en morceaux. Les semaines passèrent rapidement, trop sans doute. J'eus énormément de mal à quitter cet endroit, ce fut le cœur serré, que je leur dis « au revoir »

Des années plus tard, je me souviens encore de certains visages, certaines histoires tragiques, certains noms, mais ce dont je me rappellerai, c'est l'incroyable leçon de vie que m'ont offerte ces petits handicapés de la vie, sans jamais rien demander en retour.

© 2020, Maria, Luna
Edition : Books on Demand,
12/14 rond-Point des Champs-Elysées, 75008 Paris
Impression : BoD - Books on Demand, Norderstedt, Allemagne
ISBN : 9782322224494
Dépôt légal : juin 2020